Dieses Buch gehört

....

....

Martin Widmark
ist in Linköping, Schweden, aufgewachsen und lebt heute in Stockholm. Er ist ein begeisterter Fußballspieler und fasziniert von Essen, Sprachen, Menschen und Musik.
10 Jahre lang war er Lehrer für die Mittelstufe, jetzt unterrichtet er Schwedisch für Einwanderer an der Volkshochschule. Außer *Detektivbüro LasseMaja* schreibt er weitere Kinderbuchserien, Kinderlieder und Lernhilfen.

Helena Willis,
geboren 1964 in Stockholm, lebt heute mit ihrem Mann und zwei Töchtern in der Nähe von Stockholm. Sie arbeitet als freie Illustratorin, seit sie 1991 das Beckmans College of Design abschloss. Helena Willis sagt, sie habe den besten Job der Welt: »Ich darf den ganzen Tag spielen, aber ich muss mich auch darauf konzentrieren, alle Aufgaben zeitgerecht zu lösen.«

2. Auflage 2018

ISBN 978-3-7641-5007-5
Die Originalausgabe erschien unter dem Titel *LasseMajas Detektivbyrå. Sjukhusmysteriet* bei BonnierCarlsen, Stockholm, Schweden

Aus dem Schwedischen von Maike Dörries
Published in the German language by arrangement with Bonnier Group Agency, Stockholm, Sweden.

Lektorat: Bernd Stratthaus
Umschlag- und Innenillustrationen: Helena Willis
Druck und Bindung: Finidr, s.r.o., Český Těšín
Gedruckt auf Papier aus geprüfter nachhaltiger Forstwirtschaft.
www.ueberreuter.de

Detektivbüro LasseMaja

Das Krankenhausgeheimnis

Text: Martin Widmark
Illustrationen: Helena Willis

Aus dem Schwedischen
von Maike Dörries

ueberreuter

Museumsstraße
Museum
M
valleby
Kiosk
Kirchstraße
Post
Post
Gold
Wurst
N
W
O
S
Lassemajas Hauptquartier

Karte von Valleby
HAFEN
Valleby Blatt
VB RED.
Valleby Bibliothek
Marktplatz
Hotel
Café
RIO-Kino

HAFEN
BENZIN
Valleby Bahnhof
Bahnhofsstraße
Kaufmannsstraße
KINDERGARTEN SORGÅRDEN
Hotel
SUPER MARKT
S M
Superpreis
Angebot
BANK
B
ZOO
Krankenhaus 1 km
Hospitalstraße
Kaufmannsstraße
Hallenbad
P

Die Geschichten spielen in einer kleinen schwedischen Stadt namens Valleby, in der fast jeder jeden kennt und wo mitten im Ort die Kirche steht.

Die Hauptpersonen Lasse und Maja gehen in die gleiche Klasse und betreiben gemeinsam ein Detektivbüro.

Personen

Maja

Lasse

Polizeiinspektor

Doktor
Alf Moberg

Schwester
Elisabeth

Roffe Kornhammar
Hausmeister

Valleby Bahnhof
500 m
1,5 km
Valleby Krankenhaus
2,5 km
Valleby Kirche

Ein schmerzhafter Unfall

Jeden Winter wird hinter der Zahnarztpraxis eine Eisbahn geflutet, wo Kinder und Erwachsene Schlittschuh laufen und Eishockey spielen können.

»Guck mal, Lasse«, sagt Maja und fährt eine Acht.

»Super«, ruft Lasse.

Aus ihren Mündern kommen weiße Wolken, wenn sie reden. Es ist ein schöner, kalter Wintertag im Januar.

Es ist viel los auf der Eisbahn. Aus zwei Lautsprechern ertönt Musik.

»Darf ich bitten?«, fragt Maja und fährt im Kreis um Lasse herum.

»Lass das«, sagt Lasse. »Mir wird schon ganz schwindelig.«

»Gottes Friede sei mit euch, meine Kinder«, sagt der Pastor und saust schwungvoll an Lasse und Maja vorbei. »So schnell fliegen noch nicht einmal die Engel im Himmel«, ruft er lachend.

Maja bleibt neben Lasse stehen und zeigt an den Rand der Eisbahn. Dort sitzen Dino und Sara auf einer Bank und schnüren ihre Schlittschuhe zu.

Dino gibt Sara einen Kuss auf die Wange.

»Hilfe, sind die beiden verliebt!«, sagt Lasse. »Das ist ja bis hierher zu sehen, wie sehr sie sich mögen.«

Sara winkt ihnen zu und Lasse und Maja fahren näher ran, um sie zu begrüßen.

VM
VM

»Hallo«, sagt Dino.

Maja sieht, dass Sara neue Ohrringe trägt.

»Die sind aber schön!«

»Ein Geschenk von Dino«, antwortet Sara. »Sie sind aus echtem Gold. Zur Verlobung.«

»Das ist aber ein schönes Geschenk«, sagt Lasse. »Wie nett!«

»Und im Sommer wollen wir heiraten«, erzählt Sara weiter.

»Für das schönste Mädchen auf der Welt nur die schönsten Ohrringe«, sagt Dino.

Sara richtet sich auf und stupst Dino an.

»Du kriegst mich nicht«, sagt sie und saust auf die Eisbahn.

»Was sagt sie?«, fragt Dino, der noch nie Fangen gespielt hat. »›Du kriegst mich nicht‹ …?«

»Sie will, dass du sie jagst«, erklärt Maja.

»Ach so«, sagt Dino und schließt den Helm unterm Kinn.

Lasse und Maja sehen, wie Sara sich beim Fahren umdreht und Dino zuwinkt.

In dem Moment rast der Pastor genau auf sie zu.

Sara und der Pastor krachen zusammen und Sara fliegt in hohem Bogen durch die Luft und macht eine Bruchlandung auf dem Eis.

»Au!«, schreit sie laut.

Lasse, Maja und Dino fahren schnell zu der auf der Eisbahn liegenden Sara. Der Pastor steht daneben und funkelt Sara empört an.

»Das kommt vom wilden Fahren«, schimpft er.

Sara hat Tränen in den Augen.

»Ich glaube, mein Bein ist gebrochen!«

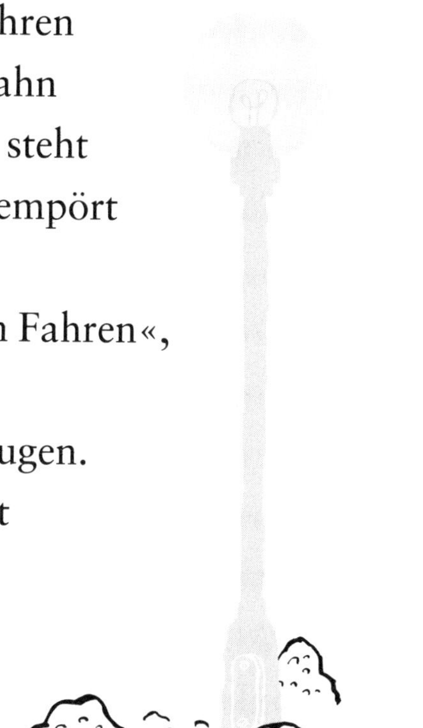

Dino wird ohnmächtig

»Au«, stöhnt Sara. Ihr laufen Tränen über die Wangen.

»Ruft die Polizia …!«, ruft Dino. »Nein, nicht die Polizia, die Feuerpompieri, oder nein, ruft die l'ambulanza. Mamma mia!«

Dino fallen vor lauter Aufregung nur noch italienische Wörter ein.

Und er vergisst völlig, dass er Schlittschuhe trägt. Plötzlich rutschen ihm die Füße weg und er landet auf dem Allerwertesten neben Sara.

Lasse und Maja ist gleich klar, dass Dino vor lauter Sorge um Sara nicht weiß, was er machen soll.

Also zieht Maja ihr Handy aus der Tasche und wählt die 112.

Sie erzählt, dass eine junge Frau, die Sara Bernard heißt, auf der Eisbahn gestürzt ist.

VM
VM
VM
112

Ein paar Minuten später kommt ein Krankenwagen angefahren.

Die Sanitäter heben Sara vorsichtig auf eine Trage und schieben sie in den Krankenwagen. Dino zieht eilig die Schlittschuhe aus und setzt sich auf den Sitz neben Sara. Im nächsten Augenblick steckt er den Kopf zur Tür raus und ruft Lasse und Maja zu sich.

»Bitte, könnt ihr nicht auch mitkommen?«, fragt er. »Das ist alles so schrecklich.«

Lasse und Maja sehen den Fahrer fragend an, der freundlich nickt. Da ziehen sie sich ebenfalls die Schlittschuhe aus und steigen in den Krankenwagen.

Mit heulenden Sirenen rasen sie zum Krankenhaus.

Während der ganzen Fahrt ist Dino völlig aufgelöst und Sara versucht, ihn zu trösten.

»Mach dir keine Sorgen«, sagt sie. »Das wird schon wieder.«

»Hast du große Schmerzen?«, fragt Dino.

Lasse und Maja sehen, dass Sara die Zähne zusammenbeißt, als sie antwortet:

»Nicht so schlimm.«

Der Krankenwagen parkt vor der Notfallambulanz des Vallebyer Krankenhauses. Die hinteren Türen gehen auf und die Sanitäter ziehen die Trage heraus. Lasse und Maja steigen aus.

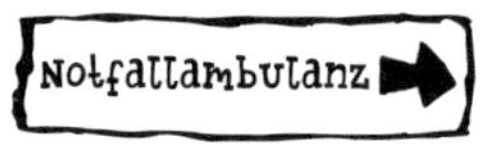

Zu ihrem Erstaunen sehen sie auf dem Bürgersteig den Polizeiinspektor. Er trägt ein langes weißes Hemd – wie die Patienten im Krankenhaus. Lasse winkt ihm zu, aber der Polizeiinspektor tut so, als würde er ihn nicht sehen.

Die Sanitäter heben Sara hoch und legen sie auf eine Pritsche mit Rädern.

»Es wird bestimmt bald besser«, flüstert Maja.

Sara lächelt schwach.

»Ich übernehme«, sagt ein rothaariger Mann mit runden Wangen.

»Wer sind Sie denn?«, schreit Dino aufgeregt.

»Roffe Kornhammar heiße ich«, antwortet der Mann. »Ich bin Hausmeister im Krankenhaus.«

»Und was wollen Sie von Sara?«, fragt Dino und legt eine Hand auf Saras Pritsche.

»Ganz ruhig bleiben«, flüstert Maja Dino zu.

»Zuerst einmal bringe ich sie ins Behandlungszimmer«, sagt Roffe Kornhammar.

»Seien Sie ja vorsichtig«, ruft Dino Roffe hinterher, als der mit Sara davonrollt.

Roffe verschwindet hinter einer Schwingtür. Lasse und Maja sehen, wie der Polizeiinspektor ihnen folgt.

»Kommt«, ruft Dino. »Gehen wir hinterher. Wir können Sara doch nicht im Stich lassen!«

Bevor Lasse und Maja protestieren können, ist Dino schon weg.

Hinter der Schwingtür befindet sich ein langer Flur.

Der Polizeiinspektor lehnt neben einer offenen Tür an der Wand und studiert sehr gründlich seine Fingernägel.

Dino, Lasse und Maja gehen zu ihm und werfen einen Blick in den Raum dahinter.

Sara liegt auf der Pritsche. Sie sieht sehr blass aus.

»Was machen Sie denn hier?«, flüstert Maja dem Polizeiinspektor zu.

»Das erkläre ich euch später«, zischt Polizeiinspektor Randolf Larsson aus dem Mundwinkel zurück.

Roffe kommt aus dem Behandlungszimmer und zwinkert Dino freundlich zu.

»Gleich kommt Schwester Elisabeth und bereitet Ihre Frau für die Untersuchung vor«, sagt er und lacht.

Aber als der Hausmeister den Polizeiinspektor sieht, vergeht ihm das Lachen.

Der Polizeiinspektor winkt ihn mit dem Zeigefinger zu sich. Roffe geht folgsam zu ihm, die Arme in die Luft gestreckt.

Der Polizeiinspektor macht eine Leibesvisitation und schaut in alle Taschen.

Sogar den Mund muss der Hausmeister aufmachen und »Aaaaaah!« sagen.

Der Polizeiinspektor schüttelt den Kopf und der Hausmeister kann gehen.

Dino steht an der Tür und winkt Sara zu, die zurückwinkt.

»Ich liebe dich!«, flüstert Dino in das Behandlungszimmer. »Du bist die Beste! Ich ...«

»Entschuldigung«, unterbricht ihn mit energischer Stimme eine Frau, die sich an Dino vorbei in das Zimmer drängt.

»Ich bin Schwester Elisabeth«, sagt sie zu Sara. »Ich muss mir das Bein kurz ansehen, bevor Doktor Moberg kommt. Aber zuerst einmal müssen wir ihnen die Schlittschuhe ausziehen.« Sie macht Dino Panini die Tür zum Behandlungszimmer vor der Nase zu.

»Au!«, hören sie Sara drinnen rufen.

Da wird Dino ohnmächtig!

Eingegipst und beklaut

Dino fällt, aber zum Glück fängt der Polizeiinspektor ihn in seinen starken Armen auf.

Er trägt Dino zu einer leeren Pritsche auf dem Flur und legt ihn darauf.

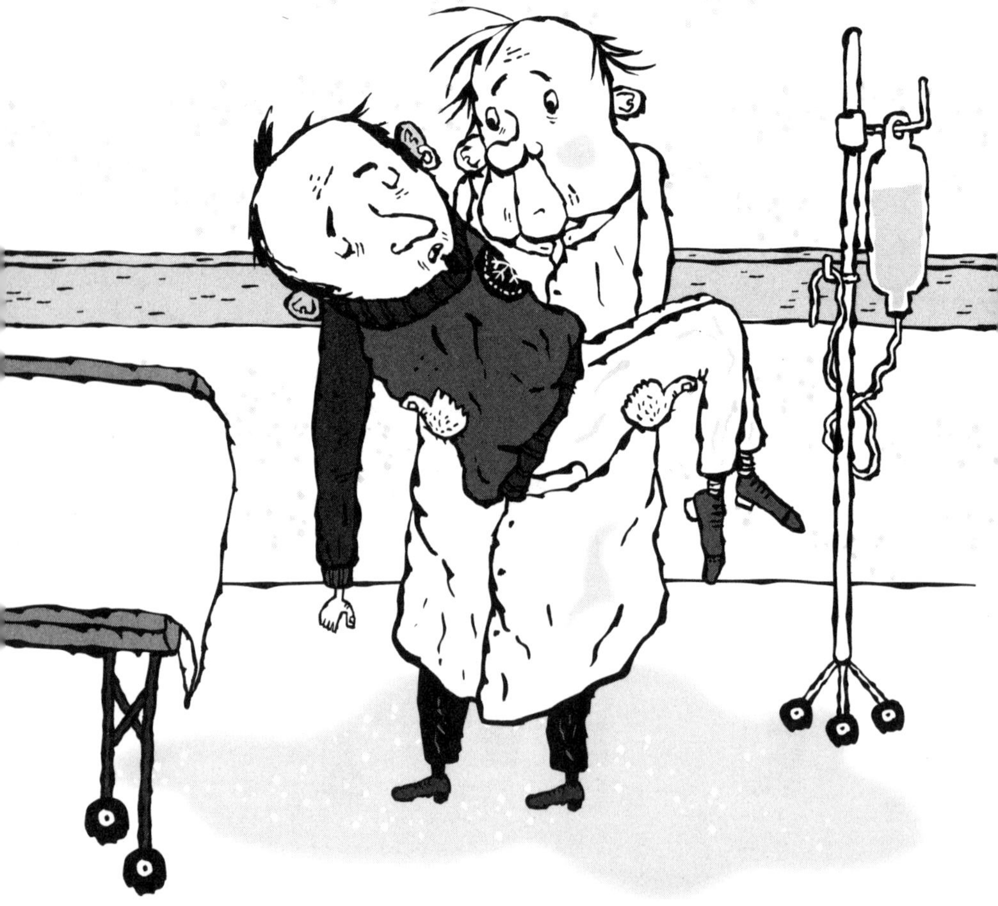

»Jetzt sagen Sie schon, was Sie hier machen«, flüstert Maja.

»Sind Sie krank?«, fragt Lasse und zeigt auf das lange weiße Krankenhaushemd des Polizeiinspektors.

Der Polizeiinspektor grinst gerissen.

»Ich habe mich wegen sehr unangenehmer Schulterschmerzen für ein paar Tage ins Krankenhaus einweisen lassen.«

Lasse und Maja sehen ihn verdutzt an. Gerade eben hat er doch noch Dino getragen, als wäre er nicht schwerer als ein Beutel Kartoffeln. Ehrlich gesagt sieht er überhaupt nicht aus, als hätte er irgendwo Schmerzen.

Der Polizeiinspektor zwinkert Lasse und Maja verschwörerisch zu.

»Sie führen Ermittlungen durch, stimmt's?«, fragt Lasse. Der Polizeiinspektor nickt langsam. »Hier im Krankenhaus geht was nicht mit rechten Dingen zu.«

»Erzählen Sie«, sagt Maja.

Lasse zieht seinen Notizblock aus der Gesäßtasche und der Polizeiinspektor beginnt zu berichten.

»Mehreren Patienten sind ihre kostbaren Ketten und Ringe abhandengekommen, nachdem sie hier behandelt wurden. Ich durchschaue noch nicht, was genau vor sich geht.«

»Sara …«, murmelt Dino auf seiner Pritsche.

»Ihr geht es gut«, tröstet Lasse ihn und tätschelt seine Wange.

Dino Panini stößt einen Seufzer aus und schließt wieder die Augen.

»Irgendjemand stiehlt den Patienten ihren Schmuck«, fährt der Polizeiinspektor fort, verstummt aber abrupt, als die Tür zum Behandlungszimmer aufgeht, in dem Sara liegt.

Schwester Elisabeth kommt heraus. Der Polizeiinspektor geht auf sie zu und kontrolliert ihre Taschen.

Als er fertig ist, geht die Krankenschwester mit energischen Schritten weiter.

»Nachdem Schwester Elisabeth bei den Patienten war, kommt Doktor Alf Moberg«, erzählt der Polizeiinspektor weiter. »Alle bestohlenen Patienten haben einen Gips bekommen. Wenn man vom Teufel spricht – da kommt er …«

Ein Mann in weißem Kittel mit lockigen Haaren kommt den Flur heraufgelaufen. Er nickt dem Polizeiinspektor zu und geht zu Sara ins Behandlungszimmer.

Lasse kratzt sich mit dem Bleistift an der Nase. »Alle Bestohlenen haben einen Gips bekommen«, sagt er leise vor sich hin.

Der Polizeiinspektor erzählt weiter: »Nachdem Doktor Moberg den Gips angelegt hat, kommt Roffe Kornhammar und fährt den Patienten auf die Station, wo er ein paar Tage zur Beobachtung bleibt.«

Maja wirft einen Blick auf Lasses Notizblock.

»Damit hätten wir drei verdächtige Personen.«

Lasse streckt für jede Person, die er aufzählt, einen Finger in die Luft.

»Nummer eins: der Hausmeister Roffe Kornhammar. Er fährt die Verletzten ins Behandlungszimmer und bringt sie später auf die Station.

Nummer zwei: Schwester Elisabeth. Hat sie eigentlich auch einen Nachnamen?«

Der Polizeiinspektor zuckt mit den Schultern und Lasse fährt fort.

»Elisabeth bereitet die Patienten für die spätere Untersuchung und Behandlung vor.

Nummer drei: der Arzt Alf Moberg. Er legt den Patienten den Gips an, die sich den Arm oder das Bein gebrochen haben.«

»Sind das alle, die mit den Patienten in Kontakt kommen?«, fragt Maja.

»Ja«, sagt der Polizeiinspektor.

»Dann muss einer von den dreien der Dieb sein«, fährt Maja fort.

Der Polizeiinspektor nickt.

»Aber ich krieg einfach nicht raus, was da läuft.«

Lasse, Maja und der Polizeiinspektor sitzen eine Weile in Gedanken versunken da und grübeln über die Diebstähle nach.

Schließlich geht die Tür zu Saras Zimmer auf und Doktor Alf Moberg kommt heraus.

Das Rätsel des geschlossenen Raumes

Doktor Moberg geht zum Polizeiinspektor.

Er lächelt und streckt die Arme in die Luft, damit der Polizeiinspektor die Taschen seines Kittels und der Hose untersuchen kann.

»Wie geht es ihr?«, meldet sich plötzlich Dino von der Pritsche hinter dem Polizeiinspektor.

Doktor Moberg schaut Dino verdutzt an.

»Mit dem Gips geht es ihr schon viel besser. Aber … ist bei Ihnen alles in Ordnung?«

»Danke, mir geht's gut«, antwortet Dino und setzt sich auf der Pritsche auf. »Ich glaube, ich bin kurz ohne Macht gewesen.«

»*Ohnmächtig*«, flüstert Lasse ihm zu.

Aber Dino hört nicht zu, weil er in dem Moment Roffe Kornhammar mit Sara aus dem Behandlungszimmer kommen sieht.

Er hüpft von der Pritsche und läuft zu Sara.

»Sara!«, haucht er und küsst ihre Hand.

»Dino«, antwortet Sara und sieht ihn mit vernebeltem Blick an.

»Ich habe ihr eine Tablette gegen die Schmerzen gegeben«, sagt Doktor Moberg lachend. »Und sie ist davon eingeschlafen.«

»Ach, wie gut, Liebste«, sagt Dino. »Dann hast du das Eingipsen verschlafen.«

Sara nickt müde.

Lasse, Maja und der Polizeiinspektor haben sich zu Dino gesellt, als Maja mit Schrecken etwas entdeckt. Saras Ohrringe sind weg!

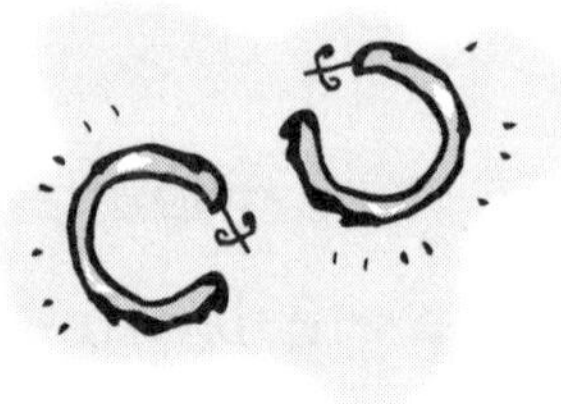

»Wo sind deine Ohrringe?«, fragt Maja.

Sara tastet mit der Hand nach ihren Ohrläppchen. »Oh nein«, stöhnt sie.

Der Polizeiinspektor sucht zuerst gründlich Roffe ab, dann untersucht er die Pritsche, auf der Sara liegt. Die Ohrringe sind nirgends zu finden.

Lasse, Maja und der Polizeiinspektor laufen zusammen in den Raum, in dem Saras Bein eingegipst wurde, aber Saras Ohrringe bleiben verschwunden!

Maja stellt sich in die Mitte des Zimmers und stemmt die Hände in die Seiten.

»Das Rätsel des geschlossenen Raumes«, sagt sie verkniffen.

»Wie bitte?«, sagt der Polizeiinspektor.

»Da wird etwas aus einem Zimmer herausgeschmuggelt, in dem alle Türen und Fenster geschlossen sind«, erklärt Lasse.

»Verflixt und zugenäht!«, ruft plötzlich der Polizeiinspektor, zieht sein langes weißes Krankenhaushemd aus und pfeffert es auf einen Stuhl. »Verflixt und Doppelnaht! Einer von ihnen muss der Dieb sein, aber solange ich die gestohlenen Schmuckstücke nicht finde, kann ich niemanden verhaften! Ich werde noch verrückt!«

Lasse klopft dem Polizeiinspektor beruhigend auf den Rücken.

»Machen Sie einen Spaziergang, das macht den Kopf frei.«

»Unterdessen sehen Lasse und ich uns ein wenig im Krankenhaus um«, sagt Maja.

Lasse nickt zustimmend.

»Wir können die Verdächtigen beobachten und schauen, ob wir was rauskriegen.«

»Was würde ich bloß ohne euch machen, ihr beiden?«, sagt der Polizeiinspektor und sieht sie dankbar an.

Lasse und Maja begleiten den Polizeiinspektor bis an den Eingang des Krankenhauses. Im Lichtkegel der Straßenlaterne sieht man dicke Flocken fallen.

»Viel Erfolg«, sagt der Polizeiinspektor und klappt den Kragen seiner Jacke hoch. »Aber ruft mich bitte sofort an, wenn ihr was rausfindet. Ich habe mein Handy überall dabei.«

»Versprochen«, sagt Lasse.

»Und rutschen Sie nicht aus und brechen sich auch noch das Bein«, ruft Maja dem Polizeiinspektor hinterher.

Von der Schwester zur Ärztin

Lasse und Maja setzen sich auf zwei Hocker im Eingangsbereich des Krankenhauses. Sie stecken die Köpfe zusammen und unterhalten sich flüsternd.

»Irgendjemand bestiehlt die Patienten«, sagt Maja.

»Aber nur die, die einen Gips bekommen«, sagt Lasse.

»Wahrscheinlich, weil die eingegipsten Bestohlenen den Dieb nicht verfolgen können«, sagt Maja.

Lasse nickt.

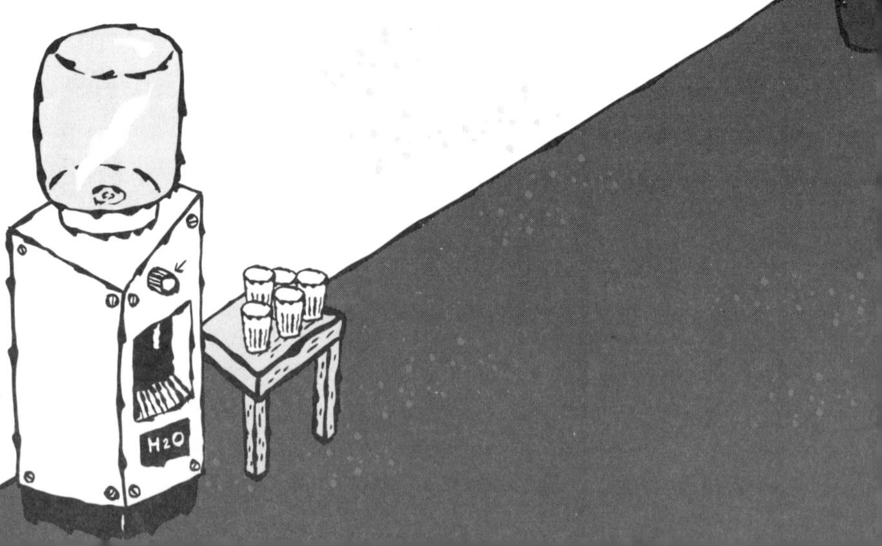

Es wird bedient
Rezeption
Hier bitte nicht husten
MfG Das Personal
zahlen sie gerne bar
Röntgen
Hier eine Nummer ziehen!
14

»Der Diebstahl muss im Behandlungszimmer stattfinden«, sagt er. »Als Sara dort reingeschoben wurde, hatte sie ihre Ohrringe noch – und als sie wieder rauskam, waren sie weg.«

»Aber wo sind die Ohrringe jetzt?«, fragt Maja. »Keiner der Verdächtigen hat sie mit rausgenommen. Das hat der Polizeiinspektor überprüft. Und im Raum waren sie auch nicht mehr! Das ist alles sehr seltsam.«

»Ja, ein echtes Rätsel«, stimmt Lasse ihr zu und breitet die Arme aus.

»Wir wissen, dass es nur der Doktor, die Krankenschwester oder der Hausmeister gewesen sein können«, fährt Maja fort.

»Aber wir wissen nicht, wie sie es anstellen oder wohin der Schmuck verschwindet«, sagt Lasse.

»Wir müssen herausfinden, wer von ihnen das stärkste Motiv hat«, sagt Maja.

»Du meinst, wer von ihnen am dringendsten Geld braucht?«, fragt Lasse.

Maja nickt und steht auf.

»Komm, fangen wir mit Roffe Kornhammar an«, sagt sie und zeigt auf ein Schild, auf dem HAUSMEISTER steht.

Lasse und Maja folgen den Schildern zum Büro des Hausmeisters.

In einem Flur kommen sie an einer angelehnten Tür vorbei, hinter der eine bekannte Stimme zu hören ist.

Schwester Elisabeth telefoniert.

Lasse und Maja schleichen näher an den Türspalt, um mitzukriegen, was sie sagt.

»Sie bleiben also dabei, dass Sie mir keinen Kredit geben wollen?«, hören sie Elisabeth aufgebracht sagen.

Die Person, mit der Elisabeth spricht, scheint etwas zu antworten, jedenfalls wirft die Schwester gleich darauf schimpfend den Hörer auf:

»Zu alt?! Unverschämtheit!«

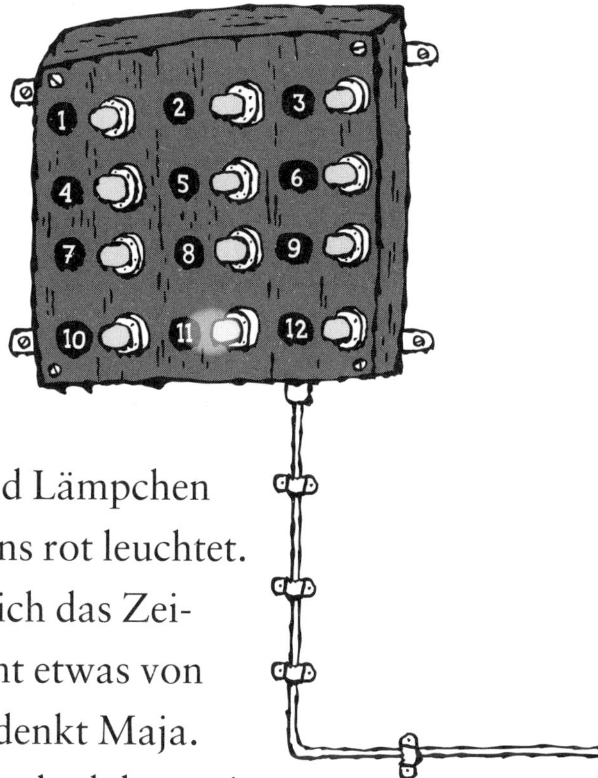

Da hören Lasse und Maja ein surrendes Geräusch. Maja schaut durch den Türspalt und sieht Schwester Elisabeth zu einer Tafel mit Zahlen und Lämpchen gehen, von denen eins rot leuchtet. Das ist wahrscheinlich das Zeichen, dass ein Patient etwas von der Schwester will, denkt Maja.

»Aha«, spricht Elisabeth laut mit sich selbst. »Das neue Mädchen in der Elf. Was sie wohl möchte?«

Lasse und Maja verstecken sich schnell hinter der Tür und sehen Schwester Elisabeth den Flur hinunterlaufen.

»Komm«, sagt Maja und huscht ins Schwesternzimmer.

Der Schreibtisch liegt voller Bücher. Lasse sieht sich die Titel an:

»*Das große Handbuch für Ärzte*, *Von der Schwester zur Ärztin*, *Weiterkommen im Job*.«

»Sieht aus, als wollte sie eine Ausbildung zur Ärztin machen«, flüstert Maja.

»Und die Bank leiht ihr das Geld nicht …«, sagt Lasse.

»… das sie für die Ausbildung braucht«, beendet Maja den Satz.

Lasse und Maja schleichen schnell wieder aus dem Schwesternzimmer und folgen weiter den Schildern zum Büro des Hausmeisters, die sie ein paar Treppen nach unten führen.

Schließlich landen sie vor einer großen grauen Stahltür, auf der in großen Buchstaben HAUSMEISTER steht.

Maja drückt vorsichtig die Klinke runter. Die Tür ist nicht abgeschlossen, und sie macht sie langsam auf.

Da ruft plötzlich eine Stimme aus dem Lautsprecher:

»Nächste Abfahrt nach Valleby auf Gleis 2!«

Lasse und Maja sehen sich verdutzt an.

Hören statt sehen

Hausmeister Roffe Kornhammar steht über einen riesigen Tisch gebeugt da.

Auf dem Tisch stehen lauter kleine Häuser und Bäume, sogar einen kleinen Berg gibt es. Der Hausmeister nimmt ein Mikrofon in die Hand und sagt:

»Die Fahrgäste nach Valleby werden aufgefordert, ihre Plätze einzunehmen. Der Zug fährt in einer Minute ab.«

Roffe läuft ans andere Ende des Tisches und drückt ein paar Knöpfe. Dann nimmt er etwas hoch.

»Eine Modelleisenbahn«, flüstert Maja.

BAHNHOF
1932

»Er spielt mit einer Eisenbahn«, antwortet Lasse leise.

Roffe haucht die Lok in seiner Hand an und poliert sie mit einem kleinen Lappen.

»Solche Züge sind superteuer«, sagt Maja.

Lasse kann nicht mehr antworten, weil eine kräftige Hand sich um seinen Nacken legt. Als er erschrocken den Kopf zur Seite dreht, sieht er, dass Maja auch festgehalten wird.

»Was zum Donnerwetter habt ihr hier zu suchen?«, hören sie eine wütende Stimme.

Maja schafft es, den Kopf so weit zu drehen, dass sie sehen kann, wer sie festhält.

Doktor Moberg.

»Wir, äääh …«, setzt Lasse an, weiter kommt er nicht.

Maja fällt auch keine gute Ausrede ein, warum sie im Krankenhauskeller herumschleichen.

»Mitkommen«, sagt Doktor Moberg streng. »Ihr müsst mir einiges erklären.«

Doktor Alf Moberg schiebt Lasse und Maja vor sich her, die Treppen hoch und durch einen langen Flur.

Schließlich kommen sie zu seinem Zimmer.

»Setzt euch«, sagt der Doktor, als er die Tür hinter ihnen zugemacht hat.

Lasse und Maja setzen sich auf die Besuchersessel und Alf Moberg nimmt hinter seinem Schreibtisch Platz.

Auf der Tischplatte liegen Zeitschriften mit bunten Fotos von hübschen Häusern unter Palmen. »España« steht auf einer der Broschüren.

»Wollen Sie Urlaub in Spanien machen?«, fragt Maja.

Doktor Moberg schiebt die Zeitschriften zusammen und antwortet in unfreundlichem Ton:

»Das geht dich überhaupt nichts an!«

»Oder dorthin ziehen, um eine Privatklinik zu eröffnen, weil man da mehr Geld verdient?«, fragt Lasse.

Doktor Moberg schlägt mit der flachen Hand auf die Tischplatte. Lasse und Maja zucken zusammen. Jetzt wird es ihnen aber langsam mulmig.

Der Arzt hat einen hochroten Kopf.

DER FUSS
DAS GEHIRN
Physiologie
Antibiotika-Guide
Grundkurs Genetik
KNIE UND KREUZBÄNDER
GELENKE UND MUSKELN
ANATOMIE
Immunologie
Weiterbildung Genetik
Schlaftabletten Ein kompletter Guide
ESPAÑA
SPANIEN

»Und?«, faucht er und kneift die Augen zu Schlitzen zusammen. »Raus mit der Sprache! Ich habe nicht den ganzen Abend Zeit …«

Lasse sieht Maja an und seufzt. Sie müssen ihm wohl die Wahrheit sagen, wieso sie im Krankenhaus herumschleichen.

»Wir suchen nach dem Schmuckdieb«, sagt Maja schließlich. »Wir sind nämlich Detektive …«

Der Doktor zieht die Augenbrauen hoch.

»Und was haben die *Detektive* herausgefunden?« Man sieht ihm an der Nasenspitze an, wie neugierig er ist.

Lasse lehnt sich auf seinem Stuhl zurück und tut so, als würde er den Reißverschluss seiner Hose zuziehen.

Maja sieht ihn fragend an, aber dann versteht sie das Signal. Damit will Lasse sagen, dass sie den Mund zumachen und nichts sagen sollen!

»Überhaupt nichts haben wir gefunden«, sagt Maja. »Nicht die kleinste Spur.«

Alf Moberg scheint sich ein wenig zu entspannen.

»Aber irgendetwas habt ihr doch sicher entdeckt?«, hakt er nach.

Lasse schüttelt den Kopf.

»Nichts über Schwester Elisabeth?«, fragt der Doktor.

»Oder Roffe? Oder warum nicht gar über mich …?«

Jetzt schütteln Lasse und Maja beide die Köpfe.

Doktor Alf Moberg lacht trocken.

»Sehr erfolgreich scheint ihr als Detektive ja nicht zu sein! Und jetzt seht zu, dass ihr nach Hause kommt.«

Draußen in der Dunkelheit vor dem Krankenhaus stößt Maja einen tiefen Seufzer aus.

»Jetzt wissen wir immer noch nicht, wer den Schmuck gestohlen hat und wie der Dieb vorgeht.«

»Doktor Moberg ist jedenfalls der Unfreundlichste von allen«, sagt Lasse.

»Was ihn nicht unbedingt verdächtiger macht als die anderen. Denk nach, Lasse«, sagt sie. »Welches Puzzlestück fehlt uns?«

Sie stehen eine Weile schweigend da. Schneeflocken legen sich auf ihre Köpfe und Schultern.

Da bricht Lasse endlich das Schweigen.

»Wir wissen nicht, wann genau die Patienten bestohlen werden. Nur, dass es im Behandlungsraum sein muss. Wenn wir in den Raum gucken könnten, hätten wir den Dieb.«

»Jeder von den dreien könnte es sein«, sagt Maja. »Roffe, Elisabeth oder Alf Moberg. Der Hausmeister hat ein extrem teures Hobby. Die Schwester kriegt keinen Kredit für ihre Ausbildung. Und der Arzt scheint Pläne zu haben, ins Ausland auszuwandern.«

»Wir wissen also nicht, wann die Diebstähle begangen werden«, sagt Lasse.

Maja starrt stumm in die Dunkelheit.

»Lasse …«, sagt sie plötzlich und lächelt ihn an. »Wir brauchen gar nicht in das Behandlungszimmer zu *gucken*. Es reicht auch, wenn wir *hören*, was dort passiert.«

»Was?«, sagt Lasse.

»Ich weiß, wie wir dem Dieb eine Falle stellen können«, sagt Maja und zieht ihr Handy aus der Tasche.

Verflixtes Pech

Maja ruft den Polizeiinspektor an und erzählt ihm von ihrer Idee. Der Polizeiinspektor ist sofort Feuer und Flamme. Er verspricht, es genauso zu machen, wie Maja vorschlägt.

»Sobald der Krankenwagen kommt, rufen Sie mich an«, sagt Maja zum Polizeiinspektor. »Und schalten Sie das Handy auf keinen Fall wieder aus. Sie müssen es in die Brusttasche stecken und munter drauflos reden. Haben Sie verstanden?«

»Genial!«, ruft der Polizeiinspektor am anderen Ende.

»Und vergessen Sie nicht, die Goldringe ihres Großvaters an die Finger zu stecken.«

Lasse sieht Maja bewundernd an, als sie das Gespräch beendet.

»Du bist echt clever!«

»Du bist aber auch nicht auf den Kopf gefallen«, sagt Maja und lacht.

Kurz darauf sehen sie den Krankenwagen vom Krankenhaus abfahren.

»Jetzt wird's spannend«, sagt Lasse.

»Jetzt werden wir bald wissen, wer der Dieb ist«, sagt Maja.

Wenig später klingelt Majas Handy.

Sie drückt die Lautsprechertaste, damit Lasse mithören kann, was der Polizeiinspektor sagt.

»Jetzt kommen die Sanitäter«, sagt der Polizeiinspektor.

Danach knackt und rauscht es, als der Polizeiinspektor sein Handy in die Brusttasche steckt.

»Au, au, au«, ruft er laut. *»Ich liege in der Küche. Es fühlt sich an, als hätte ich mir das Bein gebrochen.«*

Lasse und Maja können sich gut vorstellen, wie der Polizeiinspektor auf die Trage gehoben und zum Krankenwagen rausgetragen wird.

»Ach je, ich habe noch die Goldringe meines Großvaters an«, stöhnt der Polizeiinspektor. *»Meinen Sie, die hätte ich besser zu Hause lassen sollen? Dafür ist keine Zeit? Nein, natürlich nicht.«*

Lasse und Maja hören, wie die Sirene eingeschaltet wird und der Polizeiinspektor weiterjammert. *»Au, au, au. Oje, oje, oje.«*

Gleich darauf hören sie den Krankenwagen mit heulenden Sirenen am Krankenhaus vorfahren.

Lasse und Maja ziehen sich aus dem Licht der Laternen in die Dunkelheit zurück, um nicht entdeckt zu werden.

Dann stellt Maja den Lautsprecher aus, damit niemand sie hört.

»Ach, hallo, Roffe«, sagt der Polizeiinspektor. *»So kann's gehen, was! Da bin ich wieder. Und diesmal tut es tatsächlich weh. Ich bin auf dem Läufer in meiner Küche ausgerutscht. So ein Pech. Es ging alles so schnell, dass ich nicht mal mehr Zeit hatte, meine schönen Goldringe abzuziehen.«*

Lasse und Maja warten auf eine Fortsetzung, die nach einer kurzen Pause kommt.

»Guten Abend, Schwester Elisabeth ... Ja genau – das rechte Bein. So ein verflixtes Pech aber auch, nicht wahr? Dabei habe ich Großvaters Ringe getragen, die mir eigentlich immer Glück bringen ... Au, au, au ... Seien Sie bitte vorsichtig, wenn sie mir den Strumpf ausziehen.«

Danach ist es eine ganze Weile still. Lasse und Maja würden den Polizeiinspektor am liebsten fragen, was los ist, als er plötzlich weiterredet.

»Meinen sie wirklich, Herr Doktor? Ist das Bein tatsächlich gebrochen? ... Gips? Ja, aha ...«

Lasse und Maja hören, wie eine Schranktür geöffnet und wieder zugemacht wird. Der Polizeiinspektor spricht laut und deutlich weiter.

»Ach, Sie meinen, ich sollte vielleicht besser eine Schmerztablette nehmen, Herr Doktor?«

Ein Wasserhahn wird aufgedreht.

»Ich weiß gar nicht, wie mir das passieren konnte. Ich stand in der Küche und habe Großvaters Ringe anprobiert. Schauen Sie mal, sind die nicht schön? Und dann habe ich plötzlich das Gleichgewicht verloren und bin gefallen.«

Doktor Mobergs gemurmelte Antwort ist nicht zu verstehen.

Der Polizeiinspektor gähnt laut.

»*Oje, hab ich aber plötzlich schwere Augenlider. Ist es in Ordnung, wenn ich die Augen zumache und mich ein bisschen ausstrecke.*«

Es wird still, dann ertönt nach einer kurzen Weile ein sehr merkwürdiges Geräusch, als würde jemand zwei harte Knäckebrotscheiben aneinanderreiben.

»Er schnarcht«, sagt Lasse.

»Jetzt müssen wir uns beeilen«, sagt Maja und steckt das Handy in ihre Hosentasche.

Sie laufen zum Eingang des Krankenhauses.

»Doktor Moberg muss der Dieb sein«, ruft Maja Lasse zu.

»Und wenn der Polizeiinspektor aufwacht, ist er seine Ringe los«, antwortet Lasse.

Vor der Glastür bleiben sie stehen. Dort geht es nämlich nicht weiter!

Was für ein Gedränge

Der Hausmeister Roffe Kornhammar steht vor der Eingangstür und versperrt ihnen den Weg.

Er funkelt Lasse und Maja wütend an.

»Wir müssen da rein!«, sagt Lasse. »Es geht um Sekunden.«

»Seid ihr krank oder verletzt?«, fragt Roffe.

»Nein«, antwortet Maja. »Aber wir müssen dringend was überprüfen. Wir glauben, dass Doktor Moberg der Schmuckdieb ist. Es ist eilig.«

»Etwas überprüfen?«, sagt Roffe. »Ich will nicht, dass ihr beide im Krankenhaus rumschnüffelt. Irre ich mich, oder hat Doktor Moberg euch vor nicht allzu langer Zeit nach Hause geschickt?«

VALLEBY KRANKENHAUS
Entbindung
Blutprobe
Röntgen
Chirurgie

Roffe Kornhammar macht sich so breit wie möglich, als hinter Lasse und Maja plötzlich eine Stimme ertönt.

»Ich habe einen Termin bei Doktor Moberg«, sagt eine ältere Frau mit eingegipstem Arm.

»Ah ja, natürlich«, sagt der Hausmeister und hält ihr die Tür auf.

Die Gelegenheit nutzen Lasse und Maja und huschen nach drinnen.

»Stehen bleiben!«, ruft Roffe Kornhammar hinter ihnen her.

Aber da haben Lasse und Maja bereits das Behandlungszimmer erreicht, in dem Sara vorhin ihren Gips bekommen hat.

Sie reißen die Tür auf und sehen Doktor Moberg am Waschbecken stehen und sich die Hände waschen.

Creme
SEIFE

Der Polizeiinspektor liegt mit eingegipstem Bein auf der Pritsche in der Mitte des Raums und schläft. Lasse und Maja werfen einen Blick auf seine rechte Hand. Dort glitzern zwei breite Goldringe.

»Die Ringe sind noch da …«, flüstert Lasse.

»Dann ist er es nicht!« Maja stöhnt. »Dabei war ich mir so sicher. Wenn der Hausmeister es nicht war und auch nicht die Schwester …«

»Was ist das denn?«, fragt Doktor Moberg mit einem strengen Blick auf Lasse und Maja. »Habe ich euch nicht gesagt, dass ihr verschwinden sollt?«

»Doch, ja …«, sagt Maja.

»Moment …«, sagt Lasse. »Was ist denn das für ein Geräusch?«

Lasse geht zum Polizeiinspektor und zieht das Handy aus seiner Brusttasche.

»Sag was, Maja«, sagt Lasse.

»Ich bin ja so blöd«, sagt Maja. Lasse hört ihre Stimme aus dem Handylautsprecher vom Polizeiinspektor.

Maja hat vergessen, ihr Handy auszuschalten!

Und damit konnte Doktor Moberg jedes Wort hören, das Lasse und Maja gesagt haben. Er war gewarnt.

Darum hat er die Ringe des Polizeiinspektors nicht geklaut und ist nicht in Lasses und Majas Falle getappt.

Doktor Moberg lächelt die beiden Detektive selbstzufrieden an.

»Sonst noch was?«, fragt er.

Da kommt ein Stöhnen vom Polizeiinspektor.

»Wo bin ich?«, fragt er verwirrt.

Dann klopft es an der Tür zum Behandlungszimmer.

Roffe Kornhammar steckt den Kopf zur Tür herein.

»Sind die zwei Kinder hier?«, fragt er.

»Schmeiß sie raus«, ruft Doktor Moberg und zeigt mit dem Finger auf Lasse und Maja.

»Halt, wartet«, sagt der Polizeiinspektor

lallend. »Hier stimmt was nicht. Warum habe ich einen Gips?«

»Und sorg dafür, dass sie nicht noch mal rein kommen«, sagt der Doktor zum Hausmeister, ohne auf den Polizeiinspektor zu hören.

Da taucht Schwester Elisabeth hinter Roffe Kornhammar in der Tür auf.

»Der Herr Doktor hat Besuch«, sagt sie.

»Meine Güte, ist hier heute was los«, beschwert sich Doktor Moberg.

»Es ist Magda Göransson, deren Gips abgenommen werden soll«, fährt Schwester Elisabeth fort.

»Magda Göransson«, murmelt der Polizeiinspektor verschlafen vor sich hin. »Das ist doch eine von den Bestohlenen.«

Der Polizeiinspektor schwingt die Beine über die Pritschenkante und setzt sich mit einem weiteren Stöhnen auf. Dann wirft er einen verwirrten Blick auf sein Gipsbein und anschließend zu Doktor Moberg.

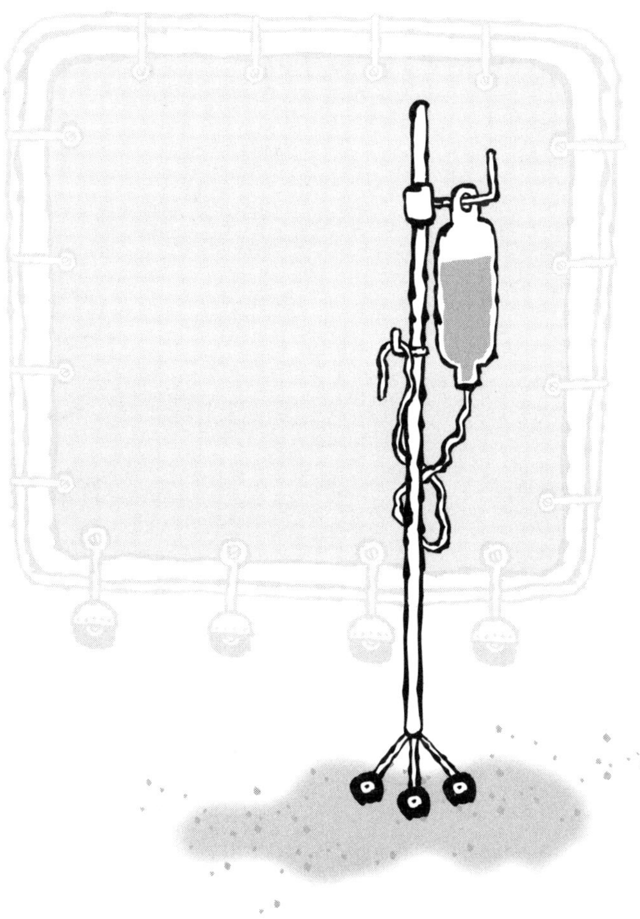

»Was zum Henker soll das? So kann ich doch unmöglich laufen. Der Gips ist viel zu schwer. Mischen Sie Blei in die Gipsmasse, oder was?«

»Nein, das ist natürlich reiner Gips«, antwortet Doktor Moberg schnell.

Etwas zu schnell, denkt Lasse. Und plötzlich kommt er darauf, wie es gewesen sein muss …

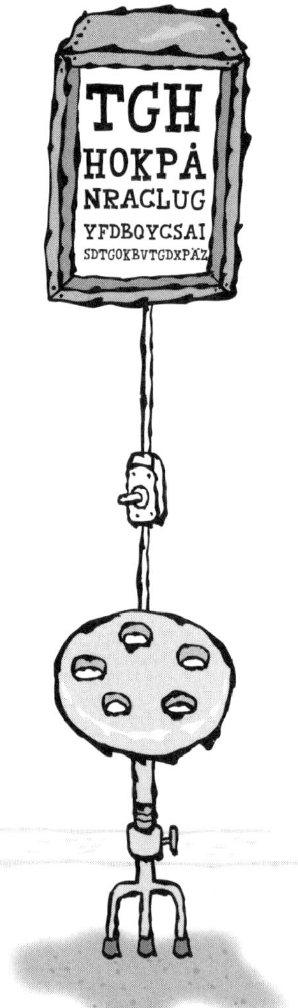

Verbrechen mit fünf-wöchiger Verzögerung

Lasse flüstert zuerst dem Polizeiinspektor was ins Ohr, dann Maja.

Der Polizeiinspektor grinst Lasse breit an.

»So ist es also gewesen«, sagt er.

»Wenn ihr jetzt bitte so freundlich wärt, endlich zu verschwinden!«, sagt der Doktor. »Ich habe eine Patientin, um die ich mich kümmern muss.«

»Sie empfangen aber noch spät am Abend Patienten«, sagt Lasse.

»Frau Göransson hat sich vor exakt fünf Wochen das Handgelenk gebrochen – abends«, sagt der Doktor. »Und jetzt wird es Zeit, den Gips wieder abzunehmen.«

»Es sind kaum noch Leute im Krankenhaus«, bemerkt Maja.

Doktor Moberg schnauft genervt über Majas Kommentar.

Schwester Elisabeth führt die Frau mit dem eingegipsten Arm ins Behandlungszimmer. Dann geht sie zurück zur Tür, wo Roffe Kornhammar noch immer steht. »Wir gehen dann mal nach Hause«, sagt Roffe.

Der Hausmeister und die Krankenschwester verschwinden im Flur.

»Ich finde ja auch, dass das ein seltsamer Termin für die Gipsabnahme ist«, sagt Magda Göransson, »aber der Doktor meinte, es sei sehr, sehr wichtig, dass der Gips nach exakt fünf Wochen abkommt.«

»Was genau ist Ihnen vor fünf Wochen hier im Krankenhaus abhandengekommen?«, fragt Maja.

»Mein Diamantarmband«, seufzt Magda Göransson und setzt sich auf die Pritsche.

»Und es ist bis heute nicht wieder aufgetaucht.«

»Lassen Sie sich von uns nicht bei der Arbeit stören«, sagt der Polizeiinspektor zum Doktor.

Doktor Alf Moberg zögert. Dann nimmt er eine große Schere, die aussieht wie ein Bolzenschneider, mit dem man Fahrradketten zerschneiden kann. Er denkt kurz nach, ehe er die Schere am Gips ansetzt.

Nach einer Weile liegen die zwei Hälften des Gipses auf dem Boden.

»Überzeugen Sie sich selbst!«, sagt Doktor Moberg zufrieden. »Da ist nichts.«

Magda Göransson steht auf und will sich gerade verabschieden, als Lasse Doktor Moberg ansieht und das Wort ergreift.

»*Da ist nichts.* Wer hat denn gesagt, dass im Gips etwas sein soll?«

Doktor Moberg sieht sich verwirrt um – und im gleichen Augenblick ist ihm klar, dass er sich verplappert hat …

»Ähm … Ich meine …«, versucht er sich rauszureden. »Ich wollte sagen, dass … ähm …«

Er verstummt.

Der Polizeiinspektor bittet um die große Schere und schneidet die beiden Gipshälften in kleine Stücke. Und am Ende findet er tatsächlich Magda Göranssons gestohlenes Diamantarmband. Frau Göransson stößt einen überraschten Schrei aus. Und Doktor Moberg versucht es mit einer letzten Ausrede.

»So was, da scheint mir doch tatsächlich das Armband in die Gipsmasse gefallen zu sein. So muss es gewesen sein! Das kann bei dem zeitweiligen Stress hier im Krankenhaus schon mal passieren. Da bin ich aber froh, dass es wieder aufgetaucht ist.«

»Ich möchte wetten«, sagt der Polizeiinspektor, »dass wir in fünf Wochen, wenn Sara der Gips abgenommen wird, dort ihre Ohrringe wiederfinden.«

Doktor Moberg stehen Schweißperlen auf der Stirn. Er sieht ein, dass das Spiel verloren ist.

»Ich ergebe mich«, sagt er und streckt die Arme vor, damit der Polizeiinspektor ihm Handschellen anlegen kann.

»Immer mit der Ruhe«, sagt der Polizeiinspektor. »Vorher nehmen Sie mir den hier bitte noch ab.« Der Polizeiinspektor zeigt auf den Gips an seinem Bein.

Nachdem der Polizeiinspektor Doktor Alf Moberg abgeführt hat, spazieren Lasse und Maja zusammen durch die Stadt nach Hause. Der Schnee knirscht unter ihren Schuhsohlen.

»Um ein Haar wäre er uns durch die Lappen gegangen«, sagt Lasse.

»Das war ganz schön dusselig von mir, das Handy nicht auszuschalten«, sagt Maja mit einem Seufzer.

»Halb so wild«, sagt Lasse und klopft Maja auf die Schulter. »Aber man muss schon sagen, Doktor Moberg war ganz schön clever.«

»Er gibt den Patienten ein Schlafmittel, stiehlt ihren Schmuck und versteckt die Schmuckstücke im Gips«, sagt Maja.

»Und so haben die Patienten ihren eigenen Schmuck aus dem Krankenhaus geschmuggelt, ohne es zu ahnen.«

»Um fünf Wochen später brav zurückzukommen, damit der Doktor ihnen den Gips abnehmen und den Schmuck behalten kann«, vollendet Maja.

»Ein Verbrechen mit fünfwöchiger Verzögerung, sozusagen«, sagt Lasse. »Clever – sehr clever.«

So hat er's gemacht:

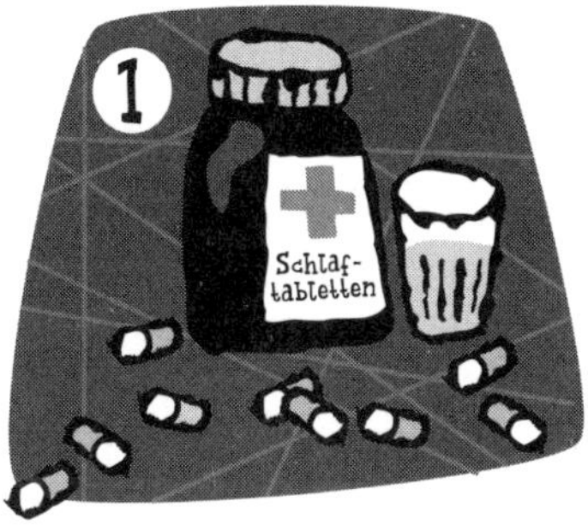

Hat den Patienten Schlaftabletten gegeben

Hat ihnen den Schmuck abgenommen

Und im Gips versteckt

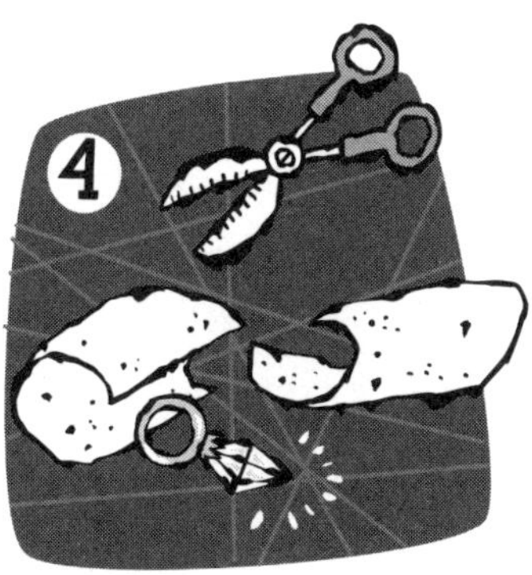

Fünf Wochen später: Diebesgut wiederbekommen

Am nächsten Tag können die Bewohner von Valleby in ihrer Zeitung lesen:

Die Bestohlenen haben selbst das Diebesgut versteckt

Endlich sind die rätselhaften Schmuckdiebstähle im Krankenhaus aufgeklärt.

Indem der Polizeiinspektor ein gebrochenes Bein vorgetäuscht hat, konnte er mithilfe von Vallebys Stardetektiven Lasse und Maja den Fall aufklären.

Wie sich herausstellte, hat niemand Geringerer als Doktor Alf Moberg die hilflosen Opfer im Schlaf bestohlen. Die nichts Böses ahnenden Patienten nahmen die Schlaftabletten im Glauben, etwas Schmerzstillendes zu bekommen. Das Diebesgut hat der Arzt dann listig im Gips der Patienten versteckt. Wenn die später wiederkamen, um sich den Gips abnehmen zu lassen, hat Doktor Moberg in Seelenruhe den Schmuck an sich genommen, da ihn nach so langer Zeit sicher keiner der Bestohlenen mehr verdächtigte.

Doktor Mobergs Pläne, in ein wärmeres Land zu ziehen, müssen bis auf Weiteres auf Eis gelegt werden, lässt der Polizeiinspektor aus dem Gefängnis ausrichten.

(VB)

Kräftiger Schneefall im ganzen Land
Warnung vor Glätte
Schwimmbad wegen Renovie-rung geschlossen
VB VALLEBY-BLATT
NEU
Krankenhausdieb endlich gefasst!

Einfach zu lesen – knifflig zu lösen.

Das Schulgeheimnis
Band 1
ISBN 978-3-7641-5041-9

Das Mumiengeheimnis
Band 2
ISBN 978-3-7641-5107-2

Das Diamantengeheimnis
Band 3
ISBN 978-3-7641-5074-7

Das Tiergeheimnis
Band 4
ISBN 978-3-7641-5076-1

Das Cafégeheimnis
Band 5
ISBN 978-3-7641-5047-1

Das Zirkusgeheimnis
Band 6
ISBN 978-3-7641-5046-4

Das Zeitungsgeheimnis
Band 7
ISBN 978-3-7641-5069-3

Das Campinggeheimnis
Band 8
ISBN 978-3-7641-5067-9

Das Kinogeheimnis
Band 9
ISBN 978-3-7641-5040-2

Das Goldgeheimnis
Band 10
ISBN 978-3-8000-5647-7

Das Fußballgeheimnis
Band 11
ISBN 978-3-7641-5042-6

Das Bibliotheksgeh.
Band 12
ISBN 978-3-7641-5075-4

Das Galoppgeheimnis
Band 13
ISBN 978-3-7641-5048-8

Das Eisenbahngeheimnis
Band 14
ISBN 978-3-7641-5049-5

Das Liebesgeheimnis
Band 15
ISBN 978-3-8000-5674-3

Das Safrangeheimnis
Band 16
ISBN 978-3-7641-5006-8

Das Krankenhausgeh.
Band 17
ISBN 978-3-7641-5007-5

Das Kirchengeheimnis
Band 18
ISBN 978-3-7641-5024-2

Das Hotelgeheimnis
Band 19
ISBN 978-3-7641-5038-9

Das Geburtstagsgeh.
Band 20
ISBN 978-3-7641-5057-0

Das Schwimmbadgeh.
Band 21
ISBN 978-3-7641-5070-9

Das Fahrradgeheimnis
Band 22
ISBN 978-3-7641-5084-6

Das Feuerwehrgeheimnis
Band 23
ISBN 978-3-7641-5099-0

Mehr Infos zu dem Detektivbüro LasseMaja findet ihr unter www.lassemaja.de

Das Gefängnisgeheimnis
Band 24
ISBN 978-3-7641-5108-9

Das Katzengeheimnis
Band 25
ISBN 978-3-7641-5125-6

Das Feriengeheimnis
Band 26
ISBN 978-3-7641-5139-3

Das grosse Handbuch für Ärzte
Von der Schwester zur Ärztin